Dans la même collection

Les Quatre Amis
La Reine et le Roi
Petit Jésus

Direction éditoriale Claude Helft
Maquette Mireille Cohedali
Fabrication Yves Raffner

9223

© Desclée de Brouwer, 2000
76 *bis* rue des Saints-Pères, 75007 Paris
www.descleedebrouwer. com
ISBN 2-220-04846-2
Loi n° 49956 du 16 juillet 1949
Imprimé en France par l'OCEP
Dépôt légal novembre 2000

Marianne Tomi

Comment Adam nomma les animaux

Illustré par Aurore de La Morinerie

Desclée de Brouwer

On raconte que Dieu dit à Adam,
dans le jardin d'Éden :

- Voici les animaux, c'est à toi de
leur donner un nom.

Un concert d'acclamations accueillit
ces mots. Les animaux avaient tous
envie d'avoir un nom.

Adam entendit jusqu'au plus petit
de leurs cris.

- Bon, *kkri-kkri*, je te fais criquet,
et *ggri-ggri*, grillon ; *tsi-tsi*, deviens
cigale ; *can-can*, canard ; et *pin-pin*,
pinson. *Mmmu,* mouche ; et toi
qui *marmonnes,* mmm... disons,
marmotte !

Les animaux se bousculaient.
C'était la cohue, un vrai tohu-bohu.
- Je ne vois que des piquants, dit
Adam. Toi, tout *hérissé,* tu seras le
hérisson ; toi, au nez *pointu,* le
brochet ; toi, à *l'épée* dressée,
l'espadon. Celle qui gonfle, en bas,
c'est la baleine. Celui qui a une *grosse
tête* sera le cachalot. Toi qui as les
pinces *recourbées,* crabe, et toi aux
pattes *crochues,* crapaud, approchez.
Aidez celui-ci, aux ailes si courtes
qu'il ne peut voler. Petit manchot,
l'estropié, te voilà nommé !

- À présent, je vous vois mieux.
Quelles jolies couleurs ! Je nomme
loriot celui qui a de *l'or* sur le dos ;
flamant, l'oiseau couleur de *flamme*.
Écarlate est la coccinelle ; plus gris
que *gris,* le grizzly ! *Gris-bleu,* la
palombe ; tout *bigarré,* le maquereau.

On reconnaîtra le blaireau à son
front *marqué de blanc,* et la pintade,
la toute *peinte,* à son joli plumetis.

Toi qui bondis comme une *flèche,* sois tigre ; et toi qui *sautes,* sauterelle ! Celui qui *rampe* sera serpent, et ce petit crustacé qui *ferme sa porte,* cloporte.

Je te vois, qui *fais de l'ombre avec ta queue,* écureuil ! La belle qui fait un vol plané, les ailes à égalité comme les plateaux d'une *balance,* s'appellera libellule.

– Ces animaux m'en rappellent d'autres : celui-ci ressemble à la fois à un *cheval* et à un *poisson,* ce sera l'hippocampe ; cette *souris* poilue comme une *araignée,* ce sera la musaraigne ; et cette *araignée* dodue comme un *loir,* la mygale.

Ornithorynque, bien que tu ressembles à un cochon, ton nom dira que tu as un *bec d'oiseau.* Toi, chenille, avec ta tête de *petit chien,* on ne risque pas de te confondre avec toi, requin, tête de *gros chien.*

Mais voilà que le sanglier en a assez de cette assemblée. Il s'éloigne sous les chênes. Les mites ont commencé à grignoter la toison du mouton. Le furet cache un œuf qu'il a chapardé. La truite bâille parce qu'elle a faim. Le castor a déjà construit trois ponts.

Adam rit :
- Vous avez tous mérité un nom : sanglier, le *solitaire ;* mites, les *rongeuses ;* truite, la *vorace ;* furet, le *petit voleur,* et toi, mon beau castor, le *brillant,* l'*excellent !*

- Venez, venez, vous que je n'ai pas encore nommés. Je vais vous donner des noms faciles à deviner :
toi, le mille-pattes, vous, les vers luisants, et lui, le perce-oreille !

Et devine pourquoi je t'appelle comme ça, étoile de mer ?

Allez, volez, rouge-gorge, oiseau-mouche, oiseau de paradis !

À cause de ton odeur, tu seras nommé, rat musqué.

Ton tour est arrivé, petit rêveur, raton laveur.

Tous les animaux se sont présentés.
Adam a donné tant de noms, simples
et composés, qu'il se sent très, très
fatigué.

- Et nous, alors ?

D'où viennent-ils, ces petits qui
réclament aussi leurs noms à cor et
à cri ?

Pardi, ce sont les bébés des premiers
arrivés ! Adam sourit.

- Il y a des noms pour tout le monde :
le faon, le chaton, le girafon et
l'oisillon, le chiot et le veau, et toi,
enfin, mon petit poussin...